ABEL TÉBAR • DANIEL M. LARA • RAFA CANO

Mejor Juntos

Una historia de Alike

Beascoa

Papel certificado por el Forest Stewardship Council ®

FSC
www.fsc.org

MIXTO
Papel procedente de
fuentes responsables
FSC® C117695

Primera edición: mayo de 2018

© 2018, Daniel M. Lara; Rafa Cano; Abel Tébar, por el texto
© 2018, Rafa Cano; Abel Tébar, por las ilustraciones
© 2018, Penguin Random House Grupo Editorial, S.A.U.
Travessera de Gràcia, 47-49. 08021 Barcelona

Printed in Spain – Impreso en España

ISBN: 978-84-488-5015-9
Depósito legal: B-5.663-2018

Impreso en EGEDSA
Sabadell (Barcelona)

BE50159

Penguin
Random House
Grupo Editorial

En una gran ciudad, llena de gente y coches moviéndose
de un lado para otro, vivían un padre y su hijo.

Paste era un niño vivaz e inquieto, al que le gustaba jugar
a ser un gran músico. Imaginaba que podía tocar
todos los instrumentos de una orquesta.

En cambio, su padre Copi era una persona tranquila y ordenada. Todas las mañanas interrumpía sus juegos con una mochila llena de libros preparada para un gran día de colegio.

Mientras tanto, en una apacible casita en el campo,
vivían una madre y su hija.

Cate era una niña alegre y muy curiosa. Le encantaba imaginar que era una gran arquitecta y que construía grandes monumentos con las cosas que encontraba por el camino. Cuanto más altas eran sus construcciones, más se divertía.

En cambio, su madre Dupli era una amante de la naturaleza.
Tenían un pequeño huerto en el jardín, donde Cate
y ella recogían frutas y verduras
antes de ir al colegio.

¡Estaban fresquísimas!

Camino del colegio, Copi y Paste se encontraban con mucha gente cargando con pesadas mochilas. Desfilaban muy ordenados unos detrás de otros, concentrados en sus pensamientos.

Paste se detenía siempre delante de un bonito árbol rojo donde un alegre músico tocaba el violín. Parecía ser el único prendado por su hermosa melodía.

Dupli y Cate atravesaban un pequeño bosque para ir al colegio.
A Dupli le encantaba enseñarle a su hija los animales y las plantas
del bosque. Era una gran conocedora de la naturaleza.

Pero Cate no parecía
prestar mucha atención.
Se había despistado observando
un bonito puente que sorteaba el riachuelo.
¿Cómo se sujetaría el puente? ¿Aguantaría mucho peso?

En la puerta del colegio, Paste despedía a su padre con mucho entusiasmo.
Copi se quedaba esperando al pie de las escaleras para verle entrar.
Le esperaba un largo día de trabajo antes de volver a estar
juntos, y ya le echaba de menos.

Dupli le daba a Cate su mochila al llegar al colegio. Había un largo camino desde su casa al pueblo y no quería que su hija cargara con todo ese peso.

Cerca de allí, Dupli tenía una pequeña tienda en la que vendía las verduras y las frutas que recogían de la huerta.

A Paste le aburrían las tareas del cole. Tenía que copiar una y otra vez las mismas letras sin salirse de las líneas. A él le divertía más dibujarlas con muchos colores y formas diferentes.

Cate, en cambio, se lo pasaba muy bien en el cole. Hacían de todo.
¡Hasta aprendían a cuidar las plantas! Pero ella se olvidaba de regar
la suya porque se entretenía observando cómo funcionaba la
regadera. Por eso su planta era la más pequeñita de todas.

Copi trabajaba en una empresa importante. Había estudiado mucho para conseguir un buen trabajo y se pasaba las horas rodeado de montañas de papeles que parecían no desaparecer nunca. Contaba las horas para volver a ver a Paste.

Dupli estaba muy contenta con su tienda. A los vecinos del pueblo les gustaban mucho sus productos, sanos y riquísimos. Fue una gran idea escapar del estrés de la gran ciudad.

Ahora podía disfrutar de la naturaleza y compartir estos momentos con Cate.

Para ambos, el mejor momento del día era por la tarde.

Cuando se reencontraban después de un largo día de trabajo.

Muchas veces, volviendo a casa, Copi se imaginaba cómo sería el futuro de Paste. "Está en un buen colegio. Seguro que de mayor será abogado".

A Dupli le gustaría que Cate trabajara con ella en la tienda cuando fuese mayor. Así podrían tener un huerto más grande, y los vecinos disfrutarían de un sinfín de frutas y verduras diferentes.

"Seguro que le encanta", pensaba Dupli.

Pero una duda se cruzó en sus pensamientos.
"¿Y si no es lo que quiere?

¿Estaré haciendo lo correcto?",
pensaron los dos.

Todas las mañanas, Copi seguía su rutina y llenaba la mochila de Paste con un montón de libros. Paste veía que no habría sitio para su juguete favorito.

—Al cole no se pueden llevar juguetes —le replicaba Copi—. Allí van los niños a aprender, no a jugar.

Por las mañanas, antes de ir al cole, Cate ayudaba a su madre en el huerto, pero lo hacía a su manera. Apilaba las manzanas como si fuesen torres de un castillo.

—Cariño, no deberías jugar con las manzanas. Si las pones en la cesta, no se estropearán —le decía Dupli.

Los días pasaban en el cole y Paste se entretenía dibujando en sus ejercicios. Eso no le gustaba a su profe y le le hacía repetirlos hasta que estuvieran bien. Pero Paste no dejaba de pensar en el violinista y en su hermosa melodía.

A Cate tampoco le iba muy bien en el colegio. Su plantita no crecía, así que inventó una forma para que fuese la más alta de todas.

—Eso es hacer trampas —la advirtió su profe.

En casa, Paste insistía con la música, y jugaba con cacerolas
y cucharones como si fuesen una batería. Hacía tanto
ruido que Copi se enfadó y le castigó.

Al ver la decepción de su hijo, Copi
se preguntó si había exagerado
demasiado con la reprimenda.

Cate no paraba de crear estructuras. Mientras merendaba, jugaba con la comida usándola para sus construcciones, sin importar lo que manchara. Dupli se enfadó mucho, le recriminó que con la comida no se jugaba y le mandó limpiar aquel desastre.

Al verla recoger tan triste, Dupli sintió que había sido demasiado severa.

Desde entonces, Paste se aplicó en el colegio. Quería que su padre se sintiera orgulloso de él, así que repetía sus ejercicios hasta que le quedaran perfectos.

Pero Copi, cuando iba a buscarle, ya no se encontraba al niño feliz y risueño que solía ser Paste.

A Cate le ocurrió lo mismo. Para ayudar a su madre, decidió esforzarse en la huerta y memorizar todo lo que aprendía en el cole sobre plantas.

Pero Dupli echaba de menos a aquella niña curiosa llena de imaginación y entusiasmo.

Copi estaba muy preocupado. No sabía bien cómo ayudar a Paste para que recuperara la ilusión. Estaba tan distraído en el trabajo que los papeles empezaron a acumularse en su mesa.
De pronto...

Copi recordó lo mucho que se enfadaban sus padres
cuando rompía algo. Había dejado de hacer las cosas
que le gustaban para evitar decepcionarlos.

Copi no dudaba de que sus padres
le querían. Pero siempre había
echado en falta que fueran
más comprensivos con él.

Dupli también estaba distraída esos días. No llegaba a entender cómo Cate podía haberse apagado tanto en un entorno tan bonito y creativo. "¿Que podría hacer?", se preguntó. Entonces...

Dupli recordó lo exigentes que eran sus padres con las notas. Había tenido que estudiar mucho para contentarlos y se había perdido muchos juegos con sus amiguitos.

Dupli sabía que sus padres querían lo mejor para ella. Pero le habría gustado tener más tiempo libre para jugar.

Recordando aquellas historias del pasado, fueron
conscientes del error que estaban cometiendo.

Fue entonces cuando decidieron cambiar las cosas para el futuro.

Pasaron los años... Y llegó un día muy especial.

Todos felicitaban a Cate por el bonito edificio que había diseñado para la ciudad. Era un gran auditorio que acogería muchos conciertos y obras de teatro. Cate estaba muy nerviosa por la inauguración.

Dupli se encontraba en el público muy emocionada. Estaba feliz y orgullosa viendo lo mucho que había crecido su hija.

Cerca de ella también había otro padre emocionado. Era Copi, que había ido al auditorio para ver el concierto que inauguraba el edificio.

Era la primera vez que Paste tocaba el violín delante de tanta gente, así que se sentía algo nervioso. Pero, cuando empezó a tocar, sus nervios desaparecieron y su hermosa melodía emocionó al público.

Al terminar el concierto, se fundieron en un cálido abrazo
lleno de complicidad. Copi y Dupli eran felices al ver
que Paste y Cate se sentían realizados.

Ellos no se conocen, así que no saben que han tenido vidas paralelas.

fin